AF613033

LYSIS et la fleur de cristal

LYSIS
et la fleur de cristal

Un conte fantastique
dans un monde imaginaire, intemporel
si vous aimez rêver

Elisabeth NEURY

LYSIS et la fleur de cristal

Dépôt légal avril 2020

Image de couverture : Elisabeth NEURY

ISBN 978-2-9572186-1-5

« Il faut aimer les contes.
Qui n'a pas cru enfant, ne rêvera pas jeune homme.
Et ce sont les beaux rêves, même fanés, qui font les somptueuses tapisseries de Décembre. »

Jean Lorrain.
Princesses d'ivoire et d'ivresse.

CHAPITRE I

Laissant derrière elle les pâles prairies d'asphodèles, elle glissait sur le chemin des roseaux, immatérielle et diaphane dans sa chlamyde transparente, ses longs cheveux blancs tressés d'iris. A ses chevilles tintaient doucement les bracelets couleur de lune, la marque des esclaves.

Mais sa fragilité n'est qu'apparente. Lysis est la favorite du vieux Rhas. D'un battement de cil, elle peut décider de la vie ou de la mort de chacun des habitants de la cité de cristal. Heureusement, elle semble tout ignorer de son pouvoir et son regard vide, couleur de menthe, jamais ne s'arrête sur la courtisane trop jolie ou l'esclave négligent. Lysis avance dans la vie avec ce regard mort et inquiétant qui voit par delà la réalité des choses et qui traverse les êtres sans les voir...

D'un mouvement à la fois délicat et décidé, elle s'apprêtait à trancher la tige d'une fleur d’eau. Elle ne vit d'abord qu'une sandale, puis la robe de lin blanc enserrant sa taille presque trop fine pour celle d'un homme.

« Non Lysis ! Elles sont vivantes et tu le sais bien. »

Il s'agenouilla et caressa les pétales où, dans les veinules minuscules, lentement, doucement, battait le sang.

« Ce sont des fleurs impures, des fleurs de mort... » ajouta t-il pensivement et elle le dévisagea étonnée.

« Ecoute, petite, écoute. Il existe une fleur, une fleur de cristal par delà le dernier rempart du désert. »

Lysis ébaucha un geste d'approbation.

« Non, pas de ces fleurs cueillies par les esclaves qui survivent rarement à leur longue quête. Trop réelles, trop charnelles, ces fleurs étranges dont les riches inondent leur maison, ces fleurs que Rhas jette sur ta couche, ces fleurs dont tu as mordu la chair fade, que tu as respirées sans en savourer le parfum. Encore des fleurs de mort… »

« Ecoute. Le jour du marché, Clédia… »
au nom de Clédia, Lysis sursauta et une lueur inattendue traversa ses yeux fixes.
« Clédia acheta par pitié un de ces hommes à moitié aveugle, à la peau laiteuse, aux cheveux et aux cils blancs, que le marchand menaçait d'exécuter. Personne n'en voulait. De constitution un peu faible, jamais il ne survivrait, et puis, il faisait

un peu peur... Un matin, il disparut et ne revint que deux longs mois plus tard, squelettique, délirant et projetant devant lui ses mains ensanglantées. Je compris qu'il l'avait trouvée. Malgré nos soins, il n'a jamais retrouvé la raison. Mais dans notre maison il vit apaisé car, comme tu le sais, jamais je n'ai risqué la vie d'un homme pour cueillir les fleurs du désert. Et lui, il ne peut plus supporter la vue des fleurs. »

Depuis longtemps déjà Zamfir ne regardait plus Lysis. Il murmura :

« Pour moi il est trop tard. Je suis trop vieux. J'ai quarante ans. Je suis trop lâche, aussi... »

Lysis l'écoutait sans comprendre. Il lui parlait. Pour la première fois, il s'intéressait à elle. Qu'importaient ses propos incohérents. Chacun savait qu'il n'était pas comme les autres. Jamais lui et sa femme n'avaient porté la tunique transparente. Jamais, disait-on, il n'avait partagé son lit avec une femme aux seins de lait, aux cheveux de serpents noirs. Seule Clédia connaissait l'étreinte de ses bras.

Lysis n'avait retenu que le dernier mot et s'écria :

« Lâche ! Oh ! Non ! »

Il leva enfin son visage vers elle et une lassitude infinie envahit ses prunelles. Lentement, sans désir ni colère, il déchira la tunique transparente et il prononça sans la moindre nuance de mépris dans la voix :

« Prostituée. »

Il s'en allait. Elle agrippait sa cheville, mais il se dégagea et répéta tristement :

« Prostituée. La fleur de cristal te dis-je, la fleur de cristal. »

Lysis, agenouillée près de l'étang, sanglotait sans une larme...

Iris, recroquevillée dans le bosquet d'où elle avait suivi la scène, se retint pour ne pas crier de joie. Il avait osé lui interdire de cueillir une fleur. Il l'avait insultée, il ne voulait pas d'elle. Sa chevelure rousse se tordant sur ses reins cambrés, elle s'avança vers Lysis, sa proie tant aimée qui allait la dévorer avec gentillesse, avec indifférence... Mais ce jour là, Iris ne le soupçonna même pas. Elle crut au contraire être débarrassée du seul rival dangereux. Elle s'approcha doucement et d'une main craintive, elle releva les cheveux dénoués de Lysis et baisa longuement les yeux qui ne pleuraient pas et, qui, déjà, avaient retrouvé leur lueur métallique. D'une main devenue rageuse, elle arracha à l'étang une fleur d'eau et, toute sanglante, l'attacha à la taille de son amie.

« Viens ma douce, mon aimée. »

Lysis, docilement, suivit la fillette.

Les robes multicolores fleurissaient le sol et elles les essayaient une à une, nouant en torsades leurs chevelures, maquillant les pointes de leurs seins, colorant leurs sexes avec les fards couleur de pourpre.

Après l'amour, Iris se blottissait contre Lysis. Mais celle-ci, déjà lointaine, posaít sa main diaphane sur le petit ventre palpitant, caressait le cercle bleu des paupières meurtries de sa petite compagne, et déjà... l'oubliait.

Leur intimité fut troublée par l'intrusion d'une petite troupe tourbillonnante et criarde, au comble de l'excitation.

« _Lysis, sais-tu ? Les mimosas viennent de fleurir. Dans un an, jour pour jour, ce sera l'holocauste. Rhas doit être en train de choisir la jeune fille.
_Lysis, demande-lui. Nous voudrions assister...
_C'est vrai, je les ai vues à l'entrée, mais elles sont si sales...
_C'est bien inutile. Elle nous sera bientôt présentée et elle vivra un an avec nous.
_Tu te souviens de la dernière ? Etait-elle sotte ! Jamais elle n'a su jouer aux dés. Lire, n'en parlons pas !
_Oui, mais elle avait les deux qualités essentielles : la beauté et le courage. Elle n'a pas bougé, même pas secoué la tête.

_C'est normal, pourtant. Elles le font presque toutes, pour respirer encore un peu. »

Le sacrifice humain qui se déroulait chaque année agitait les esprits. Il n'était nullement question de recruter les victimes parmí les habitants de la cité, ou même parmi leurs esclaves. Non, c'était dans la basse-ville, première étape sur la route brûlée du désert, là où se dressaient les maisons de boue séchée, là où certains jours les habitants mastiquaient de la terre pour tromper leur faim, là où l'eau manquait parfois pendant huit jours, là où tout homme passé trente ans ressemblait à un vieillard. C'était là où les gardes se rendaient figés sur leurs chars d'ébène. Devaient-ils se livrer à la chasse avec les filets et les piques en galopant à travers les ruelles ? Hélas, la vérité était beaucoup plus cruelle. A peine surgissaient-ils sur la place poussiéreuse que les jeunes filles se précipitaient par dizaines, petites grappes hurlantes accrochées aux rênes des bêtes.

Celle qui acceptait l'holocauste, avait le droit de vivre au palais de verre pendant un an, respectée, tous ses vœux exaucés à l'instant.

Rhas était fatigué de voir défiler ces corps de femmes fraîchement lavés et parfumés. Il renvoya d'abord toutes celles qui semblaient avoir moins de quinze ans. Pour des habitantes de la basse-ville, elles étaient dans la force de leur âge. Leur jeune vigueur devait être utilisée pour les travaux pénibles qui assuraient la survie des citoyens de la ville cristalline qui, scintillant miroir, réfléchissait le soir l'embrasement du couchant. Ville de feu, ville de lave incandescente, superbe et menaçante, elle avait à tout jamais semble t-il, scellé le douloureux destin du village-bas. Rhas rejeta aussi les femmes aux cheveux coupés, toutes celles aux cheveux trop blonds, qui lui rappelaient Lysis.

Restèrent finalement deux jeunes femmes tellement différentes qu'il était presque impossible de choisir. Un petit chevreau brun aux seins durs, à la croupe nerveuse, l'autre brune également, aux seins lourds et à la démarche onduleuse.

Lorsque le petit chevreau entendit :

« On vous a trompé. C'est ici et tout de suite que vous allez mourir. »

Elle jeta un regard traqué autour d'elle et se mit à courir en tous sens pour échapper aux flèches des statues articulées qui lui barraient la route du soleil. Le choix était fait. La cérémonie était un sacrifice librement consenti. Elle devait s'accomplir avec dignité. En aucun cas la victime ne devait perdre son sang-froid et jeter sa peur en pâture à ceux qui l'exécutaient.

« Comment t'appelles-tu ?
_Lydia »
_Eh bien Lydia, à partir d'aujourd'hui et pour un an, ce palais t'appartient. »

Une lueur d'intelligence illumina le visage de la`brune jeune fille aux yeux de violette. Croyant enfin les avoir réalisés, elle était la dupe des ses rêves.

CHAPITRE II

C'est ainsi que Lydia fit la connaissance de Lysis et lui raconta comment l'on vivait au village-bas. Elle avait envoyé le jour même des jarres d'eau et d'huile à ses parents ainsi que des agneaux. Si elle faisait cela presque tous les jours pendant un an, ils seraient riches et ils pourraient vivre sans elle. Bhor, l'homme qu'elle aimait, allait venir la rejoindre ici. Lysis écoutait, surprise que la misère existât, un peu choquée cependant par ces calculs qu'elle trouvait bas.

Iris les vit de loin en remontant le chemin bordé de joncs. Jamais, jamais, elle ne pourrait donc vivre apaisée ? Devrait-elle passer sa vie à éloigner d'Elle tous ceux qui L'aimaient ?

Iris s'assit contre un arbre moussu et doux, appuya sa tête contre l'écorce et regarda loin devant elle. Un jour, peut-être, elle contemplerait Lysis sans émotion. Elle n'aurait plus envie de la coiffer, de l'habiller. Un jour peut-être, elle n'aurait plus envie non plus de l'embrasser ni d'arracher le cœur à ceux qui l'approchaient. Un jour... Mais il lui parut infiniment lointain, comme une paix du cœur inaccessible même lorsqu'elle aurait des cheveux blancs…

Elle rêva ainsi près d'une heure. Elle était fatiguée, comme usée, grignotée peu à peu par cet amour.

Lorsqu'elle se dressa enfin, elle était de nouveau prête pour la bataille. Méthodiquement, elle se mit à cueillir les pavots sanglants qui fleurissaient à ses pieds.

Les deux jeunes filles murmuraient et ne l'entendaient pas approcher…

« Des fleurs, encore des fleurs pour notre déesse Lydia ! »

Et la pluie de pavots atteignit la jeune fille au visage. Elle se figea brusquement, ses lèvres s'entrouvrirent et les bras tordus, le corps crispé, elle s'affaissa et se mit à geindre comme les bêtes. Elle se convulsait sur le sol en tirant sur ses longs cheveux. Elle se calma un peu et finit par articuler :

« Je ne veux pas mourir étouffée par les fleurs, je ne veux plus... ! »

Lysis traversa Iris de son regard d'eau :

« Comme tu es maladroite... »

Mais aussi comment faire ? C'était la cité des fleurs. Des fleurs, il y en avait partout, dans les champs, dans les jardins, dans les bassins, dans les maisons.

« Ne crains rien, un an, c'est très très long. Et puis, tu ne seras pas étouffée mais doucement endormie, enivrée par les parfums. D'ailleurs, je ne veux plus que nous parlions de cela. »

Iris se mit alors à danser. Elle dansait un peu trop vite. Sa maîtresse le lui reprochait sans cesse.

Elle fit glisser le voile émeraude qui enserrait sa chevelure. En virevoltant, il glissa jusqu'à terre et les cheveux se tordirent. Elle les secoua et les marguerites qui les parsemaient se répandirent en pluie de neige. Elle dénoua l'écharpe d'or qui s'enroulait autour de ses seins et les pointes violettes s'étalèrent comme des boutons d'anémone. Elle détacha le voile d’argent qui enveloppait sa taille et celle-ci se courba molle et douce, ceinte de coquelicots. D'un geste brusque, elle cassa le mince cordon qui les retenait.

Soudain boudeuse, elle s'immobilisa. Eras était là avec sa voluptueuse chevelure cendrée. Minias aussi et Véra, la vieille, celle qui avait vingt ans. Et même Elia aux cheveux rasés, revêtue de la tunique courte des hommes. Toutes s'étaient approchées pour la contempler. Seule Lysis nageait dans le bassin tandis que les gouttes d'eau diamantisaient son corps…

Jeune taureau à la stature colossale, aux lèvres épaisses, à la toison bouclée, Bhor venait exceptionnellement d'avoir accès au jardin de Lysis. Il se surprit à admirer ce fantôme de femme sur lequel le temps et l'espace ne semblaient pas avoir de prise. Elle avait vingt deux ans et cependant, sur la peau diaphane de son visage, sur ses genoux polis, la griffe du temps n'apparaissait toujours pas. Les petits seins aux pointes roses ne s'épanouissaient pas. Et Lysis avait accepté cela, sans un étonnement, comme un dû. Seuls ses cheveux s'éclaircissaient tous les jours un peu plus, et cette blême chevelure de clair de lune, lui conférait un charme étrange et inquiétant.

Bhor s'avança et de sa main saisit celle de Lysis qui émergeait du bassin. D'un doigt malhabile et hésitant, il parcourut les traits de son visage…

C'était en plein midi, tandis que les oliviers projetaient leur ombre sur le chemin sableux, qu'il l'avait vue pour la première fois. Ce chemin menait au village-bas. Lysis, selon la coutume, venait remettre aux parents de la jeune fille promise à l'holocauste, une corbeille contenant la chevelure de la victime.

Elle avait fait un léger mouvement pour l'éviter, mais de toute sa stature, il lui avait barré la route. Il s'était produit une chose tout à fait inattendue. Lysis avait ri.

Entre lui et cette fille d'opale, aucun lien n'existait. Il était trop vivant, trop fort, trop simple et Bhor, alourdi par le poids de sa matérialité, tandis qu'il effleurait enfin cette chair convoitée, entendait encore ce rire cristallin qui lui déchirait le cœur. Il releva doucement le visage de Lysis mais les yeux verts et lointains, platinés et froids, lui enlevèrent tout espoir.

Soudain, les petites esclaves effrayées se mirent à piailler et se dispersèrent parmi les roseaux.

Le maître était là, immobile, vêtu d'une tunique qui accentuait lamentablement les bourrelets de son corps difforme. Il y avait dans ses yeux quelque chose qui ressemblait à de la sagesse, à de la dignité mais il s'agissait seulement de la fatigue toute bête, imposée par l'existence, une sorte de vieillesse du cœur...

Lydia interpréta son silence comme une menace et s'éloigna précipitamment, entraînant Bhor dans sa fuite.

Oui ! Ils le trahissaient tous : Lysis qui se savait intouchable, toutes ces petites filles qui le détestaient, et toute cette ville qui enviait sa puissance et sa richesse.

Il contempla l'étang, les fleurs d'eau, le pont de cristal, les jardins à l'infini et il se sentit seul comme il ne l'avait jamais été. Le regard éteint et lourd, l'espace d'un instant, il eut envie de mourir pour en finir avec cette femme au regard d'eau dormante.

Pourtant, lui aussi, avait été jeune. Certes, son visage de faune, même à vingt ans, n'avait jamais été beau mais, lui aussi, on l'avait aimé.

Elle se dressa devant lui, petite et dure, caressante et têtue, jalouse et violente. Chacun de ses caprices surgissait du fond du passé. Elle voulait les voiles d'or que tissent les femmes d'Egypte, les toiles de lin fin que l'on trouve en Israël chez les fils de Yawhé, le pourpre du Péloponèse, les soieries d'Asie, et même ces cotonnades grossières et bigarrées que teignent des femmes entièrement noires par delà le désert de Lybie. Il avait pris, à cette époque, le risque terrible de laisser soupçonner au reste du monde l'existence de son étrange cité...

Un jour, cependant, elle fit fabriquer un petit casque oblong afin d'y insérer sa chevelure et, sur le front, un triangle de bronze descendait, dardant sa pointe entre les sourcils. Petit pharaon dérisoire, elle parcourait le palais, la taille ceinte d'un pagne d'or. Elle quittait alors ses appartements et jouait aux osselets avec les soldats.

Aux portes de désert se dressait une croix. Depuis plus de cent ans, elle n'avait pas servi. Nullement terrifiante, elle avait perdu peu à peu son pouvoir de dissuasion. Car qui aurait voulu fuir la ville de cristal, et pour aller où ? Mais, à cette époque, Rhas ne pouvait plus feindre d'ignorer qu'on y crucifiait des femmes.

Par lâcheté, il se taisait, mais sa faiblesse ne fut que passagère. Il était jeune alors. Ce n'est pas à cette époque qu'il se serait laissé détruire par une fillette aux yeux aveugles.

La petite victime avait à peine quatorze ans. La masse de ses cheveux projetée sur son visage incliné, elle s'écartelait dans le matin. Heureusement, elle était seulement attachée à la croix et depuis peu. Elle était donc sauvée et tandis qu'on la détachait, il prit sa décision.

Saisie d'un pressentiment, Rhéa l'accueillit en jetant autour de son cou la guirlande de ses bras. Il la repoussa. En elle, l'orgueil le disputa l'amour, mais, rejetant en arrière sa petite tête d'oiseau, brusquement, elle fit volte-face.

Du fond de sa mémoire défaillante, l'autre aussi lui apparut comme dans un songe, et son regard infiniment triste, comme un remords, le poursuivait. Il la revit dansant pour lui. Il la revit l'aimant avec désespoir. Il la revit ce soir tragique où, saisissant les ciseaux d'ivoire, elle avait coupé sa longue chevelure, répandant leurs mèches sur sa couche.

Il n'était pas cruel, il ne voulait pas la faire souffrir, mais il ne l'aimait pas.

On l'avait retrouvée au matin, attendrissante avec ses cheveux tondus, ses seins un peu longs couleur de marbre, son visage enfantin contracté par l'agonie, noyée dans le bassin de cristal.

Et maintenant, Rhas payait.

CHAPITRE III

Bhor n'avait subi aucuns sévices à la suite de la scène de la veille. Lydia avait immédiatement ordonné qu'aucunes représailles ne fussent exercées sur celui qu'elle aimait et, qui, déjà, la délaissait.

Allongé sur sa natte, Bhor élaborait son naïf projet.

Rhas pouvait cependant devenir dangereux si l'on s'attaquait à cet amour forcené qui le rongeait tout entier. Il fallait être prudent. Se méfier aussi de cette gamine, la petite Iris. A son amour pour Lysis s'ajoutait la haine de l'homme, et elle était vigilante...

Pas assez méprisable cependant, pour le dénoncer à celui qu'elle déteste entre tous. Il fallait entendre claquer ses crotales, les soirs où Rhas ne lui ravissait pas Lysis !

Et ce soir, Lysis dormait chez elle. Une heure d'attente encore, et il se glisserait jusqu'à la chambre de cette petite putain qui acceptait de partager la couche d'un vieillard obèse, et il la possèderait.

Il pénétra dans la chambre sphérique. La lumière de la lune tombait du plafond de cristal, éclairant de sa lueur blanche l'ensemble de la pièce. Des armoires de cristal d'où s'échappaient les étoffes de gaze et de soie, des sièges de cristal aux courbes glacées, le lit de cristal sur lequel elle reposait et la tache sanglante des fleurs agonisantes.

Pas une étoile. Seule la lune flottant entre deux nuages éclairant la blême chevelure, la chair d'ivoire, les pierreries laiteuses de ses yeux. Elle est là, les yeux grand-ouverts et il se moque du scintillement limpide et froid de ses yeux vides. Pas une étoile, cette femme et ce silence...

Lorsqu'il enfouit sa tête dans son cou, la petite morte ne bouge pas entre ses bras. Elle ne frémit même pas lorsqu'elle voit Iris montrant les dents comme une jeune louve, Iris brandissant le poignard effilé, Iris enfonçant l'aiguille du stylet dans la nuque offerte de l'homme.

Iris essuie méticuleusement le sang à sa tunique de soie. Le poignard brille à nouveau dans sa pureté de glace. D'un geste brusque, elle le plante à quelques centimètres de la main de Lysis. La lame du poignard tremble encore dans le matelas de soie blanche, mais Lysis n'a pas bougé.

Iris n'est pas encore une vieille bête comme Rhas pour être traitée ainsi. Cette fille est en train de lui faire éclater le cœur sans même une parole mauvaise. Cette fois elle devra réagir.

_ « Lysis, je t'aime, tu le sais. Tu dévores mon cœur tous les jours un peu plus. Fais attention, Lysis. Tu vois ce dont je suis capable. »

Et la griffe rouge de son ongle désignait la dépouille de Bhor.

« Lysis, pourquoi ne l'as-tu pas repoussé ? Pourquoi ? Réponds ! Réponds ! Ou je t'enfonce ce poignard dans la main.
_Cela n'avait pas d'importance. Cela ne me gênait pas. Pour moi, Rhas, lui...
_Moi ! Tout se vaut n'est-ce pas ? Jamais tu n'as ressenti plus de plaisir à caresser mes boucles rousses plutôt que la bedaine de ton vieillard ? Aucune différence ? Mais, c'est impossible ? Lysis ? Je t'en supplie ?
_Je ne ressens aucun plaisir, aucun dégoût non plus. Mais surtout aucune forme de ce que vous appelez un sentiment. Je ne ressens rien, ni pour Rhas, ni pour nos compagnes, ni pour toi. C'est pour cela je crois, que je ne vieillis pas.
_Il en est un cependant pour qui tu éprouves de l'amour. Ah ! Vois-tu ? Déjà tu relèves la tête. Pour lui tu accepterais bien de vieillir. Ne t'en va pas, sinon je tordrai tes bras à les briser... Non, ne bouge pas. Tu ne partiras pas ! Tu vas souffrir à ton

tour ! Oui, il t'envoie chercher les fleurs de cristal ! Et dans le désert ! Ça occupe les petites filles trop amoureuses. Et, ainsi, il peut être sûr d'être débarrassé de toi à tout jamais ! Tiens, attrape ! Attrape et encore ! »

Iris s'acharnait sur Lysis inerte, la giflait, lui donnait des coups de tête et des coups de poing. Soudain, affolée, elle se figea.

«Qu'avait-elle fait ? Tout était perdu ? Mais non » songeait-elle. « Si elle me chassait, ce serait faire preuve de haine à mon égard. Rien ne changera. Elle s'en moque. »

Arrachant le voile violet qu'elle avait enroulé en toute hâte autour de ses seins, elle se jette aux pieds de Lysis et lui fait l'amour.

Impitoyable dans la pénombre, la voix de Lysis :

« Elle va mourir bientôt. Crois-tu qu'il était bien nécessaire de tuer son amant ?
_Il se moquait bien d'elle ! Il ne voyait que toi. Il a eu ce qu'il méritait.
_Je ne parle pas de lui mais d'elle. Il faudra que tu trouves des arguments Iris.
_Jamais tu n'as été aussi scrupuleuse et inquiète ! Peut-être l'allusion à Zamfir éveille t-elle en toi des sentiments humains ? Mais à mon souvenir, tu n'as pas bougé, tu n'as pas levé le petit doigt pour lui épargner la mort, le prévenir, ou m'empêcher d'agir. Tu ne fais jamais de mal à personne. Tu n'abuses

pas de tes pouvoirs auprès du maître. Mais on peut faire aussi le mal en n'agissant pas. Tu l'as tué toi, en ne disant rien, autant que moi qui l'ai frappé. C'est ton silence qui l'a tué. »

CHAPITRE IV

La pyramide transparente se dresse au cœur de la cité. C'est là le lieu du sacrifice. Au centre, une fosse circulaire, une sorte de globe de verre autour duquel saigne une double rangée de fleurs d'eau. Ce sang inhumain sera d'ailleurs le seul à être répandu...

A petite distance : les premiers gradins. Lydia entre et le silence se fait. Lydia entre et salue ses compagnes. Lydia avance lentement. Arrivée au bord de la fosse, elle glisse naturellement au fond, comme un enfant sur un toboggan…

La première fut une rose qui lui griffa l'épaule, la seconde un pavot qui lui fleurit la bouche, la troisième un glaïeul qui lui frappa la joue. Immobile, debout, bien droite au fond du cercueil de cristal, elle n'a pas encore peur. Les fleurs, certes, sont parfois jetées avec violence, mais elles n'arrivent encore qu'à ses genoux.

Comme le temps passe lentement... Ils sont nombreux pourtant et rares sont ceux qui ratent leur but.

Les fleurs lui arrivent maintenant à la taille. Lydia voudrait en finir. En effet ce n'est pas si terrifiant de mourir...

Lysis ne lui avait pas menti. C'est simplement l'acharnement de cette foule à l'ensevelir vivante qui l'étonne. C'est aussi le silence de cette foule, comme si, la haine s'était en quelque sorte cristallisée, suspendue, concentrée au sein de cette étrange pyramide... Elle pense à ses vieux parents dans la basse-ville et elle sourit.

Elle pense à Bhor aussi, et à sa désertion inexplicable, inexcusable surtout. Même s'il lui préférait désormais cette Lysis énigmatique aux cheveux blancs, il aurait dû lui dire adieu. Mais à cette souffrance en succède une autre. Désormais, elle a peur. Les parfums lui embrument le cerveau. Elle mange des bleuets. Les lilas lui font une seconde chevelure. Elle étouffe…

Elle glisse le long de la paroi lisse et se noie lentement dans l'océan des pétales…

Des hurlements hystériques déchirent l'incroyable silence et vibrent dans l'air glacé.

La foule délirante dévale les gradins, et finit de combler le cercueil de verre où repose, désormais invisíble, Lydia lapidée par les fleurs.

CHAPITRE V

Iris avait raison. Lysis sentait s'effectuer en elle une mystérieuse transformation. Quelque chose d'inexplicable, mais qui la tourmentait... Quelque chose d'exaltant et de douloureux, qui l'arrachait à sa quiétude...

Ce que les autres appelaient désir, amour ?

Foulant avec légèreté les fleurs et les étoffes qui recouvraient le sol de la chambre, un dernier regard pour Iris endormie, et Lysis se fondit dans la nuit douce.

Elle voulait le revoir, même de loin, même l'espace d'un instant.

De verre comme toutes les demeures de la haute ville, celle de Zamfir se distinguait cependant par l'étrange paix qui habitait le jardin déserté par les fleurs.

Le regard de Lysis s'habituant à l'obscurité, elle distingua enfin les deux silhouettes... Zamfir se promenait, Clédia à ses côtés et Lysis remarqua avec bonheur et naïveté qu'il ne lui tenait pas la taille ni l'épaule.

La femme, de sa démarche noble épousait les pas de Zamfir. Toujours la tunique de lin noir qui ne masquait plus l'embonpoint naissant. Toujours ces cheveux serrés en chignon, cette coiffure, et Lysis s'en réjouit avec puérilité, dégageait son nez qu'elle avait trop long. Mais pourquoi ne l'étreignait-elle pas ? Pourquoi répondait-elle seulement de sa voix calme, avec parfois un geste de la main ?

Zamfir soudain s'arrêta, et, avec douceur, fit glisser une à une les épingles du chignon. Les cheveux jadis superbes tombèrent en cascade grise jusqu'au bas des reins de la femme.

Comment ne voyait-il pas ces cheveux blancs que baignait la lueur pâle de la lune ? Comment ne voyait-il pas qu'elle était vieille, vieille, vieille... ?

Zamfir plongea son visage dans la chevelure de sa femme. Il l'enroulait autour de son cou.

Lysis s'enfuit.

Le soleil de midi lui brûla les paupières, alors qu'elle reposait encore. La douleur inconnue de la veille lui transperça de nouveau le côté, à la hauteur du cœur, qui se serrait. Effrayée, elle se dressa et ses yeux affolés cherchaient Iris, déjà levée sans doute, rendue furieuse par son escapade nocturne...

Elle finit par se calmer. Il s'agissait simplement d'un SENTIMENT. Iris le lui avait prédit... Décidément, elle ne les enviait guère, ceux qu'il lui faudrait bien désormais appeler ses semblables ! Il lui fallait coûte que coûte trouver la clef des autres sensations, celles qui font rire, sourire, celles qui apaisent surtout...

Elle devait lui parler, se faire aimer de lui à n'importe quel prix. Sinon elle était condamnée à cette souffrance que tous pouvaient lire dans les yeux las de Rhas, dans la fureur douloureuse d'Iris.

Peut-être un sort merveilleux lui était-il réservé ? Peut-être, en remplacement de cette indifférence qui jusqu'à présent avait été son lot, allait-elle connaître le cœur qui se dilate`de joie, la force du désir, la plénitude des sens qui faisait crier Iris pendant l'amour ?

Mais cela, confusément elle le pressentit, ne lui serait pas donné sans une lutte farouche.

Elle connaissait déjà la souffrance. L'espoir à son tour, venait de pénétrer en son cœur.

Lorsqu'elle se présenta à l'entrée de la demeure de Zamfir, elle vit Clédia approcher à pas lents, puis s'incliner, les deux mains jointes sur le front, en signe de salut.

« Bonjour gentille Lysis. Tu ne m'as guère habituée à ce genre de surprise ! Sois la bienvenue. »

A ces paroles, nulle réponse. Le silence, insolite, s'installe.

« Je t'ai fait préparer du lait de coco, un de ces produits étranges que Zamfir rapporte de ses voyages. Le Maître Rhas, je le sais, désapprouve ces imprudences... Peut-être est-ce la raison de ta visite ? »
...
« Au fait ! As-tu déjà vu la collection de dieux ? »

Lysis écarquilla les yeux. Un dieu ? Qu'est-ce donc ?

Soigneusement classés dans des vitrines, dont le verre était exceptionnellement tapissé de bleu, les objets s'alignaient. Clédia expliquait :

« Voici Diane, la déesse des forêts, et Râ le dieu-soleil des Egyptiens, et ce phallus rougi adoré par les bacchantes adeptes de Dionysos, et ces statues grossières sont des totems africains. Mais le plus étrange, vois-tu, c'est ceci. »

Et elle saisit une croix sur laquelle se tordaít un homme, la tête couronnée d'épines.

« Zamfir dit que nous semblons être les seuls à n'adorer aucun dieu si ce n'est les fleurs. Encore n'est-ce pas un culte... Il dit qu'il existe une fleur de cristal dans le désert et que c'est là notre salut.... »

Mais Lysis restait lointaine, préoccupée. Zamfir était-il absent ? Allait-il la laisser en tête-à-tête avec cette vieille femme ennuyeuse et radoteuse ?

Clédia, un peu lassée, ne savait plus quelle attitude adopter. Que faire de cette fillette ? Rien ne la touchait, rien ne l'intéressait. Elle était déjà morte, et Clédia, un instant, la plaignit...

« Et si tu rejoignais Zamfir dans le jardin ? Tu dois le saluer. »

Enfin ! Lysis se serait précipitée si par bonheur, elle n'avait ce matin-là, attaché ses chevilles l'une à l'autre, par une mince chaîne de platine.

C'est donc d'un pas digne et mesuré qu'elle franchit la porte et scruta le jardin. Il était assis en tailleur, ses larges épaules un peu voûtées. Surpris _ il ne l'avait pas revue depuis la scène près de l'étang _ il nota qu'elle portait une tunique de lin.

« C'est bien, petite » sourit-il en effleurant la robe.
« Que veux-tu ? »

La question brutale vida son cerveau de toutes les phrases qu'elle avait préparées, et le terme "petite" soudain l'agaça.

« Je ne suis plus une enfant ! Peut-être préfères-tu les vieilles aux cheveux blancs ? »

La gifle lui cingla le visage au moment même où elle réalisait avec horreur la vulgarité irréparable de sa remarque. Elle inclina la tête, soumise, ses cheveux pâles masquant son visage.

«Tu es la seule ici à pouvoir être sauvée, la seule, et tu ne comprends pas. Il faut avoir le courage d'échapper à Rhas, à Iris aussi, mais aussi à ta paresse à ton indifférence. Tu dois trouver la fleur.
_Viendras-tu avec moi ?
_Je te l'ai déjà dit, j'ai laissé passé le temps, et... il faut que tu le saches, je ne t'aime pas. »

Elle s'immobilisa, comme foudroyée, et une ride se dessina sur son front, imperceptible, minuscule, mais terriblement présente, puis une autre au bord de chaque paupière, puis deux autres encore au coin de la bouche. Ses cheveux d'or pâle prirent une légère nuance de cendre.

Pour la première fois touchée au cœur, Lysis réalisa que la douleur avait rompu le charme de l'éternelle jeunesse.

Et, soudain, elle le détesta, lui l'irréprochable, le marchand de pureté, l'exemplaire Zamfir. Avec une pointe d'ironie, elle lui fit remarquer :

« Tu vois, pour moi aussi, il sera bientôt trop tard... »

Et elle caressa la peau de son visage. Il se taisait désormais. Il la congédiait comme une esclave, ce qu'elle était d'ailleurs. Et elle découvrit l'humiliation.

Et l'Autre s'avançait de sa démarche élégante, un sourire de commande sur son visage qu'il aimait, étonnée de les surprendre tous deux si graves, étonnée aussi de la transformation opérée sur le visage de Lysis.

Avant qu'elle ait eu le temps d'ouvrir la bouche, la jeune fille, d'un geste vif, renversa les coupes d'or, la repoussa et prit sa course dans le jardin, sa démarche trébuchante entravée par la chaîne de ses pieds.

CHAPITRE VI

Rhas la regarda avec étonnement franchir le seuil du palais, d'un pas décidé et agressif, son visage comme un peu fané, et lorsqu'elle lança une première fois les dés, lorsqu'il l'entendit prononcer ces simples mots :

« J'ai quelque chose à te demander. »

Il sut que la règle du jeu était modifiée, que l'irrémédiable s'était produit, que le malheur était en marche...

« Je veux que Clédia vienne demain partager mon repas et celui de mes compagnes. Nous l'attendrons près du bassin.
_C'est impossible, voyons. Tu ne peux exiger sa présence. Tu es la femme la plus puissante de la cité, mais _ Rhas hésitait _ tu n'es qu'une courtisane. »

Lysis ne semblait aucunement vexée de cette mise au point. C'est d'un ton impassible mais avec une lueur mauvaise dans le regard, qu'elle corrigea :

« Tu ne dois pas avoir peur d'employer le terme exact : une esclave. Et pourtant, Clédia devra me rendre visite. Invite-la en ton nom. »

Rhas prit volontairement un ton détaché.

« Oui. Mais pas demain, voyons. Il est déjà si tard... Cela ressemblerait à un ordre.
Et puis enfin, que lui veux-tu ? Elle est déjà vieille. Et sa compagnie n'est guère recherchée. C'est une femme noble et respectable mais austère, comme son mari d'ailleurs...
Ils ne sont pas de notre race, et cela m'inquiète parfois... Ils ont adopté la tunique de lin. On pourrait fouiller leur demeure pendant cent ans sans y trouver trace de la moindre fleur. Et leur absence à l'holocauste éclate chaque année comme un défi à la cité toute entière. Sans oublier les voyages de Zamfir, sa curiosité maladive.
Notre ville finira par être découverte, et c'est la terre entière qui condamnera notre étrangeté. Les autres peuples ne la tolèreront pas.
Ils nous extermineront...

_Si demain, à l'heure où le soleil est à son zénith, tu n'accèdes pas à la première demande que je te fais depuis le jour où tu m'as couchée sur ton lit souillé par les vins et les fleurs, je pars.

_Ah oui ! Et`pour aller où ? Dans le désert peut-être ? Ou au village-bas ? Pour y manger de la terre ? »

Jamais encore, il n'avait osé lui parler ainsi. Où puisait-il cette force nouvelle ? Si ce n'est dans la certitude qu'elle était devenue humaine, qu'il pourrait désormais avoir prise sur elle. Elle tenait enfin à quelque chose. Elle lui faisait du chantage. Elle était en colère. Elle vivait.

Oui, il en était sûr. Hier encore, il lui eût été totalement égal de mourir de soif ou de faim. Elle aurait pu tout abandonner : le palais, la puissance dont elle n'avait pas encore découvert les voluptés, les rires et les jeux.

Mais maintenant, elle n'aurait pas le courage de souffrir. Elle ne partirait plus. Que lui importait donc ce premier caprice ? Lui refuserait-il son premier désir ?

Il l'aimait tant ce soir, qu'il ne s'interrogea même pas sur le vœu étrange de Lysis... qui déjà s'approchait de son plein gré, souriante, les yeux brillants, prometteurs enfin de toutes les félicités...

Par provocation, Lysis avait inondé la pièce de fleurs d'eau qui empourpraient les coussins de soie. A dessein, elle était nue, à la taille, une ceinture de glycines. Une légère angoisse l'avait assaillie le matin, lorsqu'elle avait constaté la peau légèrement froissée de sa taille... Mais le mal ne prenait pas des proportions exagérées.

Et surtout, le vieillissement des tissus n'était pas lié à la moralité de ses actions, ou à leur immoralité. Elle l'avait vérifié le matin même, en étranglant le petit chat d'Iris sous les yeux de sa compagne. Cette vérification était indispensable en regard de ce qui allait survenir...

Elle avait accompli cette tâche avec répugnance, et avait beaucoup pleuré. Iris avait pardonné, toute à sa joie de se savoir miraculeusement aimée depuis l'instant où Lysis s'était jetée dans ses bras en pleurant, offrant à ses baisers son nouveau visage, étrangement, imperceptiblement flétri, mais où se lisait une affection sincère et passionnée.

Lysis aimait, et elle allait vieillir tout doucement, elle aussi... Au fond, tout rentrait dans l'ordre... Il fallait oublier...

Leurs effusions furent interrompues par l'entrée de Clédia entourée de Minias, Eras, Véra et Elia...

« Prends place parmi nous, Clédia. »

Tandis qu'un peu lourdement, la femme finissait par s'asseoir sur les coussins, Lysis redressa le visage d'Iris blottie à ses pieds comme un jeune chiot.

« Elle est belle n'est-ce pas ? »

Et d'un geste brusque, elle replongea la chevelure rousse entre ses cuisses.

« Sais-tu Clédia, ici nous n'aimons pas les cheveux blancs…»

Et un éclair cruel traversant ses yeux verts, elle se retourna vers ses petites compagnes. Les rires fusèrent.

Clédia les regarda, petites sauvagesses prêtes à griffer, riant de leurs petites dents pointues, et elle perdit un peu de son calme.

Comment n'avait-elle pas deviné plus tôt ? Cette étrange visite de Lysis, la veille, sa fuite inexplicable, « l'ordre » de se rendre à ce repas. Lysis aimait Zamfir. Alors elle prit peur et fit un geste pour se lever.

La troupe des fillettes se jeta sur elle et Minias s'acharna sur ses cheveux gris.

« Sais-tu Clédia, ici nous n'aimons pas le lin et encore moins la couleur noire… »

Les rires redoublèrent. Elles lui arrachèrent sa tunique dévoilant les seins trop lourds, le ventre un peu affaissé.

« Eh bien voilà ! Nous pouvons déjeuner à présent » déclara Lysis et, comme une lueur d'inquiétude traversait le regard de Clédia, elle ajouta :
« Ce n'est même pas empoisonné ! »

Les jeunes filles s'étranglaient de rire... Le temps coulait doucement sous la véranda de cristal qui s'ouvrait sur le jardin. Clédia semblait avoir été oubliée, et elle reprenait peu à peu ses esprits. Ainsi, elles n'allaient pas la tuer... Mais comment effacer cette journée ? Il était facile de ne rien dire, d'enfiler de nouveau la robe de toile, mais les cheveux ? Ces petites étaient irresponsables et sottes. Quel désastre avaient-elles peut-être, déclenché ?

La peur s'éloignant, Clédia se dressa dans sa nudité bafouée :

« Qui es-tu donc, pour oser me traiter ainsi ? Ne t'enorgueillis pas trop de cette beauté qui t'a été donnée, elle est déjà condamnée. Toute la ville ne parle que de cela : tu as perdu ton étrange pouvoir et, je ne suis pas sûre qu'il faille s'en réjouir. Car, ils s'en réjouissent tous... Si tu vieillis désormais il te faudra bien mourir comme eux tous. Et ils jubilent à cette idée... »

La voix d'Iris s'éleva, singeant celle de Clédia :

« Qui es-tu donc, pour oser ? Mais... Lysis _ susurra Iris _ il y a bien longtemps qu'elle aurait dû oser. Moi, à sa place... »
_Sais-tu Clédia _ la voix claire de Lysis la fit sursauter _ ici, nous aimons nous baigner dans le bassin de cristal. »

Chaque fois qu'elle essayait de s'agripper à la berge, un pied, une main la repoussait dans l'eau glacée. Elle avait compris. Elles voulaient la noyer. Alors, elle cessa soudain de se débattre.

« Ce n'est plus drôle _ constata Lysis _ sortez-la de l'eau, et laissez-la se reposer, sinon cette grosse truie ne pourra jamais repartir. »

Les jeunes filles plongèrent et leurs pieds frappaient l'eau en cadence.

« Maintenant, Iris, danse ! »

Clédia, au bord de l'épuisement et de la panique, gardait cependant son sang-froid. Il lui fallait fuir au plus tôt les réactions imprévisibles de Lysis, dont la réputation de gentillesse indifférente n'était pourtant plus à faire. Que lui était-il arrivé ?
Que s'était-il donc passé ? Mais, ce n'était pas le moment de s'interroger... Pourquoi s'attardait-elle... Elle était si fatiguée, si lasse... Personne ne s'occupait plus d'elle. La tentation lui venait de s'allonger là, et de dormir... Elle se dressa cependant de toute sa taille, et fit un geste pour s'emparer de sa tunique. En un éclair, une jolie

main griffue s'en saisit, et Clédia, se tourna sans un mot vers Lysis.

« Elle a raison, rendez-lui cette tunique, moi aussi, je suis lassée de ces enfantillages. Va. Mais, peut-être ne connais-tu pas le chemin ? »

Le ton ironique aurait dû alerter Clédia, mais elle la suivit sans méfiance. Lysis la poussa dans le couloir de cristal.

«C'est tout droit. Adieu. »

Clédia marchait lorsqu'elle se souvint qu'elle était entrée par un porche, pas par un couloir. Son front buta sur une paroi de verre. Une issue, un autre couloir de verre, s'ouvrait sur la droite. Elle l'empruntait quand elle comprit qu'elle était dans un labyrinthe de glaces, et que jamais elle n'en sortirait.

CHAPITRE VI

Les jours passaient... Le silence de Zamfir, d'anormal devenait inquiétant. Il était impossible qu'il n'ait pas eu connaissance de l'invitation royale…

Il était absent lorsque les gardes avaient entraîné Clédia et l'avaient conduite auprès de Lysis, mais ses esclaves avaient dû parler... Son plus jeune fils, le petit Amar, malgré les recommandations de sa mère, l'avait longtemps suivie sur le chemin... Les jours passaient... Méditait-il une vengeance ? Ou bien, abruti par le chagrin, s'enfermait-il dans sa douleur ? Les jours passaient... Lysis choyait Rhas, prêt à tout pour ne plus jamais revoir les yeux verts, couleur de néant.

Iris sut qu'elle avait définitivement perdu Lysis. Celle-ci se détachait d'elle peu à peu. Loin de lui être reconnaissante de sa complicité pour organiser le guet-apens, Lysis considérait désormais Iris avec horreur. Elle aussi, avait tué, mais l'agonie de Clédia ne pesait plus le même poids dans la balance de son amour... Elle aurait sacrifié ce dernier pour la faire revivre. Iris, elle, était cruelle et Lysis revoyait sa griffe tendue pour lui designer le cadavre de Bhor...

Elles avaient toutes deux été complices de trop de crimes.

Lysis, minée par l'incertitude, ne pouvait plus supporter cette attente et elle reprit pour la troisième fois le chemin détesté qui l'avait déjà conduite à la jalousie et à l'humiliation.

« Père, elle est venue. »

Le petit garçon la regardait fixement. Il avait parlé d'une voix étrangement monocorde. Il n'avait pas appelé ni crié. Et, déjà, Zamfir était devant elle, comme s'il se fut présenté à un rendez-vous fixé depuis longtemps. Et, pour la troisième fois, rien ne se déroula comme elle l'avait prévu.

Un large sourire éclaira le visage de Zamfir, un visage émacié comme dévoré par ses yeux noirs, piqués de reflets verts. Les paroles de bienvenue coulaient de sa bouche et il renvoyait l'enfant buté à l'attitude hostile et accusatrice.

« Ne prends pas garde à lui. Il s'imagine que tu as tué sa mère. L'imagination des enfants... Il ne cesse de répéter qu'il ne l'a jamais vue ressortir du palais, qu'il s'était caché... Que sais-je encore ! Bref, il ne t'aime guère, et ne le cache pas. Mais cessons d'accorder trop d'importance à ses simagrées. »

Interdite, Lysis le contemplait, sa gorge se nouait. Ainsi, Zamfir n'avait pas le moindre soupçon ! Elle réussit enfin à articuler :

« Nous participons tous à la douleur qui t'a frappé. Rhas avait envoyé des gardes pour escorter ta femme. Que n'a t-il été aussi prudent pour le retour ! Crois-moi. Il ne se pardonne pas sa négligence...

_Mais je te crois Lysis. Je disais donc que mon chagrin et les recherches entreprises pour retrouver Clédia m'ont éloigné du palais... Lorsque la décence le permettra, Rhas et toi, vous m'y verrez de nouveau. Il n'est pas bon, n'est-ce pas de se confiner dans sa souffrance... ? »

Le cœur de Lysis lui mangeait la poitrine. Son regard suppliait. Il était impossible qu'il ne comprenne pas pourquoi elle était venue...

Il s'approcha enfin et murmura très bas, si bas qu'elle crut être victime de son imagination :

« Lysis, je t'attendais... Toi seule peut me la faire oublier... Pardonne la brutalité de mes paroles lorsque tu es venue dans ce jardin m'avouer que tu m'aimais... Pardonne ces rides mystérieuses _ mais tu es encore si jolie._ J'ai été un homme de devoir, un peu ennuyeux, et je t'aimais déjà si fort que j'ai dû te rejeter avec violence. »

Le soleil au zénith tourbillonnait par-delà le plafond de verre. Elle ferma les yeux et s'étendit sur le sol, avec le poids de l'homme sur son corps. Lorsqu'elle rouvrit les yeux, elle crut déceler dans le regard de Zamfir une lueur ironique.

Elle allait cependant s'endormir lorsqu'elle se sentit soulevée de terre par des bras vigoureux.

« Lève-toi, rhabille-toi et regagne au plus vite le palais... Il ne faut pas alerter Rhas si tu veux revenir. Peut-être aurai-je encore envie de toi... »

Brusquement lucide, Lysis sentit jaillir sans pitié l'horrible douleur, toujours la même, celle qui broie la poitrine et la déchire.

« Elle reviendra, père. Soyez sans crainte ! »

Lysis fit volte-face et l'horreur succéda à l'inquiétude. La certitude qu'il s'agissait d'une monstrueuse vengeance à la mesure de son crime…

Amar avait assisté à la scène. Elle espérait encore que c'était accidentel, que le petit garçon haineux n'avait pas voulu regagner son appartement, qu'il surveillait son père par jalousie...

« Elle reviendra trop souvent à votre gré.

Regarde Lysis comme il te hait ! Chaque jour il pense à elle, ma maman et je suis trop petit pour t'écraser comme une vipère. Comment as-tu pu imaginer une seconde qu'il t'aimait ? Il m'a juré de te faire mourir de chagrin, il a même dit... »

« C'est bien, Amar... Va-t'en, cette fois. »

Lysis quêtait une réponse, elle attendait un geste, un mot, un regard capable d'effacer les paroles de l'enfant. Mais, Zamfir ne la regardait même pas. Lysis avait trop lutté, trop souffert, trop sacrifié : sa condition d'immortelle, Iris, le repos de sa conscience.

Elle décida que Zamfir l'aimait.

CHAPITRE VII

Les années passaient et toujours Lysis s'échappait pour rejoindre Zamfir, tantôt comblée, tantôt rejetée. Elle ne pouvait plus douter désormais des sentiments de son amant à son égard. Rôdant des jours entiers près de sa demeure, sans qu'il manifeste le moindre désir de lui adresser la parole, guettant son retour de voyages inattendus dont il ne l'informait pas, parfois réchauffée de la même étreinte à la fois savante et sans amour, elle connut le désespoir de Rhas et celui d'Iris. Elle connut après le plaisir, le regard noyé et indifférent de celui qui n'aime pas, l'impatience de celui qui attendait le moment où elle nouerait enfin la ceinture de son vêtement et dirait: « Je dois partir maintenant. »

Jamais, aussi incroyable que cela puisse paraître, Zamfir ne lui adressa la parole.

Et la force ne lui venait pas de renoncer à cet homme qui la haïssait chaque jour un peu plus.

Cependant, le jour vint où Zamfir mit fin à son supplice.

Ce jour-là, alors qu'elle gravissait le chemin de sable, Amar vint à sa rencontre. Il lui barrait la route. Il avait seize ans maintenant, et Lysis, inquiète, redouta quelque violence mais l'adolescent se contenta de sourire :

« Va-t'en ! Il ne te reverra plus. »

La vengeance était donc consommée... Lysis avait attendu avec une angoisse chaque jour plus grande, la minute où tout ce qui lui restait de sa.vie basculerait d'un seul coup. Et pourtant, elle en fut provisoirement soulagée. Pour combien de temps ?

La douleur et surtout le sale espoir allaient ressurgir : n'était-ce pas une nouvelle torture ? Zamfir ne cherchait-il pas à la désespérer pour mieux la reconquérir, encore plus docile et humiliée ?

Comme s'il avait suivi pas à pas le cheminement de sa pensé, Amar ajouta :

« C'est vraiment fini. Tu ne le reverras plus. Inutile de venir rôder près d'ici. Songe plutôt à ménager Rhas, sa patience doit tout de même avoir des limites. Père serait désolé de te savoir par sa faute, chassée dans le désert... »

Son sourire cruel et triomphant démentait ses paroles. Il attendait.

« Tu n'auras pas la satisfaction de me voir pleurer. J'ai depuis longtemps abandonné tout orgueil, mais j'ai pleuré aussi toutes mes larmes. Adieu. »

Ce qu'Amar ne savait pas, c'est que Zamfir avait pardonné depuis longtemps le meurtre de Clédia. Toujours présent, espion, voyeur, mais dévoré par la haine, le jeune homme n'avait pas compris que son père se vengeait sur Lysis de tout autre chose...

Zamfir avait cristallisé sur Lysis son rêve de pureté. Il était faible... La fleur de cristal, il y avait renoncé depuis toujours...

Mais il n'avait pas pardonné à Lysis les rides impures qui ponctuait sa marche vers la pourriture finale. Il ne lui avait pas pardonné ce meurtre qui la salissait sans recours. Il ne lui avait pas pardonné surtout de n'avoir pas rapporté au sein de la cité la fleur de cristal, ce qui lui manquait : un dieu, dont elle eût été la prêtresse, elle, la femme étrange au regard d'eau.

Jamais plus il ne reprit la route du monde extérieur. Les petits dieux négligés s'endormirent dans leur musée et, peu à peu, la poussière les recouvrit. Il ne s'y rendait plus jamais et il trouva plus commode de faire condamner la porte le jour où une servante brisa le dieu crucifié qui se convulsait sur le bois.

« C'était peut-être la pièce la plus intéressante, constata Zamfir. Ce n'est rien. Ne t'inquiète pas. Ça n'a plus d'importance... »

CHAPITRE VIII

Lysis avait bien changé depuis le jour où, fillette naïve, elle était venue mendier l'amour de Zamfir dans sa propre maison.

A vingt neuf ans, dans la cité de cristal, une femme ne dansait plus la danse des voiles. A vingt neuf ans, dans la cité de cristal, une femme se blottissait dans l'ombre d'un homme...

Le temps continuait minutieusement, impitoyablement ses ravages depuis le jour où Zamfir l'avait involontairement condamnée à vieillir.

Lysis s'avançait, vêtue d'une tunique de lin et un murmure d'étonnement parcourut la foule des invités.

Rhas devenait-il si jaloux ? Il s'en trouva pour insinuer en souriant que cette jalousie se justifiait de moins en moins... Et les femmes riaient très fort, leurs rides dissimulées par le fard et les colliers...

Pourtant, depuis longtemps, Lysis avait cessé d'être le point de mire de la cité. Elle avait cessé d'être différente. Une raison mystérieuse, une monstruosité _ qui sait _ commise par elle, l'avait rendue pareille à eux et rétabli l'équilibre de la nature, un instant compromis.

Aussi leur étonnement fût-il de courte durée. L'absence de ceinture accentuait encore l'ascétisme de la tenue et la robe vague ne permettait pas de distinguer les formes de son corps.

Rhas, un instant heureux de la voir ainsi dérobée aux regards de tous, pressentit soudain qu'elle le trahissait et son cœur lui semblait un paquet d'épines...

Le silence se fit lorsque parut la femme-serpent, parfumée de musc, le corps poudré de poudre d'or. Un serpent s'enroulait autour de chacun de ses bras, autour de chacune de ses cuisses. Un cobra ceignait sa taille, laissant reposer sa tête entre ses seins.

Lentement elle se mit à danser, ses bijoux vivants immobiles, rivés à son corps, et l'assistance retenant son haleine attendait un jeu plus osé que la toute jeune fille ne tenta pas. La sueur mouillait le fin duvet de ses joues. Elle avait peur.

Depuis qu'elle avait franchi le seuil de la salle, Lysis cherchait Zamfir. Lorsqu'elle le vit enfin, une jeune fille aux longs cheveux blancs tressés d'iris, au regard vide couleur de menthe, immatérielle et diaphane dans sa chlamyde transparente reposait gracieusement à ses côtés, et il lui souriait.

Dans un brouillard de larmes, elle revit l'autre dans le labyrinthe mortel. Elle entendit les mots que dans sa dignité Clédia n'avait pas hurlés :

« Il ne t'aimera jamais. »

Lysis se dressa et se dirigea avec raideur vers les jardins, comme si elle avait peur de trébucher sur son rêve piétiné.

L'assemblée inquiète se dispersa comme à regret et le palais de verre plongea dans le silence.

A son réveil, le vieux Rhas n'avait pas trouvé Lysis à ses côtés. Le vin renversé, les fleurs broyées, les coupes brisées lui firent souvenir de la scène de la veille, mais Elle, elle avait disparu.

Depuis plusieurs années, la douleur de Rhas s'était endormie. Il vivait heureux auprès de Lysis, un peu lointaine, parfois triste, qui le comblait d'une tendresse teintée de pitié.

L'indifférence inhumaine de Lysis, après une brutale explosion de cruauté, était réapparue infiniment atténuée certes, nuancée d'indulgence. Elle était désormais sensible à la souffrance d'autrui. Et chaque jour, devant son miroir, elle fardait son visage, et semblait dire :

« Un jour, on sera vieux et paisibles.. »

Et voici qu'aujourd'hui, elle lui échappait encore... Bien sûr, il ne l'avait jamais possédée même au cœur du plaisir. Elle ne s'était jamais vraiment abandonnée, et dans un instant de lucidité, il se dit qu'après tout, rien n'était vraiment changé. Mais il la voulait, il la voulait. Un de ces désirs de vieillard qui n'aimera jamais plus.

De toute sa chair tremblotante, son double menton affaissé sur sa poitrine, il s'effondra sur le parquet de cristal, et il pleura.

Autour de lui, avec stupeur, se réunissaient les esclaves. Le cercle peu à peu se resserra. Rhas pleurait toujours. La première à frapper fut Iris qui arracha les épingles de ses cheveux.

Etonné, tout entier à sa douleur, il sursauta à peine, mais soudain il dévisagea la troupe des femmes. Et il sut qu'il allait mourir.

Les coups pleuvaient. Rhas hurlait mais, déjà, la mort faisait chavirer ses yeux glauques. Il croisa une dernière fois le regard d'Iris et il pensa fugitivement qu'à elle, rien, jamais, ne serait pardonné...

Un grand silence se fit soudain lorsque dans un dernier sursaut il réussit à presser le signal et les femmes réalisèrent la gravité de leur acte. Le palais retentit de leurs gémissements tandis qu'approchait la garde de Rhas. Les statues articulées bandaient leurs arcs, et leurs flèches sans défaillance coupaient toute retraite à celles qui échappaient aux soldats vivants.

CHAPITRE IX

La femme marchait, l'air hagard. Le désert de pierres sans fin, devant elle s'étendait. Sur la piste de rocaille à l'infini, son destin était tracé depuis le jour où sa mère avec effroi, avait serré dans ses bras l'effrayant nourrisson silencieux aux yeux de métal...

Parfois, des fleurs étranges aux corolles veloutées et odorantes attiraient son regard. Elle se précipitait. Non. Ce n'était pas Elle.

Elle marchait.

Jamais plus Rhas ne la prendrait entre ses bras de pieuvre. Jamais plus il ne baiserait sa peau avec ce regard implorant de chien battu. Non, jamais plus il ne la tiendrait entre ses bras.

Les pieds en sang, ses voiles multicolores trempés de sueur, les lourds bracelets abandonnés depuis longtemps dans la poussière du chemin, elle puisait une sorte de jouissance dans cette souffrance.

La cité de glace, peu à peu, s'effaçait dans le lointain.

Elle marchait.

La montagne soudain apparut, le dernier rempart de transparence avant l'espace nu qui lui déchira les yeux. Plus une fleur, plus un caillou. Un sable blond et lisse, pas même une vague dessinée par le vent. Et, elle la vit, se détachant sur la pureté lumineuse du ciel bleu cobalt. Sa tige délicate se dressait, et, transparente, la corolle dentelée resplendissait dans les feux du soleil.

Lysis s'approcha à pas lents, comme hypnotisée par l'éclat presque insoutenable de la fleur.

Fascinée, elle toucha les pétales mais le cristal lui déchira la main. Le sang coulait doucement, goutte à goutte, et elle regardait le sable qui buvait chacune d'elle. Lorsqu'elle voulut la respirer, un bien-être indicible l'envahit et lentement, lentement, elle s'affaissa dans ses voiles...

C'est alors qu'elle vit Iris, les lèvres crevassées par le soleil, le visage brûlé. Iris, petit animal affolé par la lumière, qui l'avait poursuivie. Iris qui l'aimait.

Les voiles de Lysis peu à peu, se décolorèrent et prirent consistance. Elle sentit son cœur se glacer, ses membres se cristalliser, et, dans un geste désespéré, son seul geste de véritable amour, elle tendit ses doigts qui, déjà se fleurissaient de petits glaçons vers ceux d'Iris qui, muette de bonheur les saisit. Mais seule Lysis, enfin apaisée, se métamorphosa en fleur de cristal, abandonnant Iris à l'enfer du soleil.

LYSIS et la fleur de cristal

NOTE DE LECTURE

Elisabeth, dans son imaginaire, avait ses personnages bien en tête. Normal, c'est elle qui les avait créés. Et elle mettait souvent son manuscrit dans son sac, pour le relire dans les salles d'attente.

Elisabeth est décédée en décembre 2018. Elle avait écrit et tapé à la machine son livre 20 ans avant au moins. En 2018, je l'ai scanné, puis retranscrit avec un logiciel de reconnaissance de caractères. Il restait à faire la mise en forme et à apporter les corrections. Je voulais le faire avec elle. Je lui avais promis de le publier. Ça lui aurait fait tellement plaisir. Le temps passant, ce n'était toujours pas fait.

Avant de la quitter sur son lit d'hôpital, je lui ai fait la promesse de publier son roman, son conte fantastique. J'ai terminé la mise en page, les corrections. Restait à le faire éditer. Voilà qui est fait.

En le relisant, il m'a été plus difficile pour moi d'appréhender ses personnages. Aussi je me suis fait cette carte des personnages qui suit, en souhaitant qu'elle ne casse pas votre imaginaire.

Daniel, son mari.

LYSIS et la fleur de cristal

Dans l'ordre d'apparition dans le texte :

Lysis, Rhas, Clédia, Zamfir, Iris, Lydia, Bhor, Eras, Minias, Véra, Elia, Rhéa, Amar

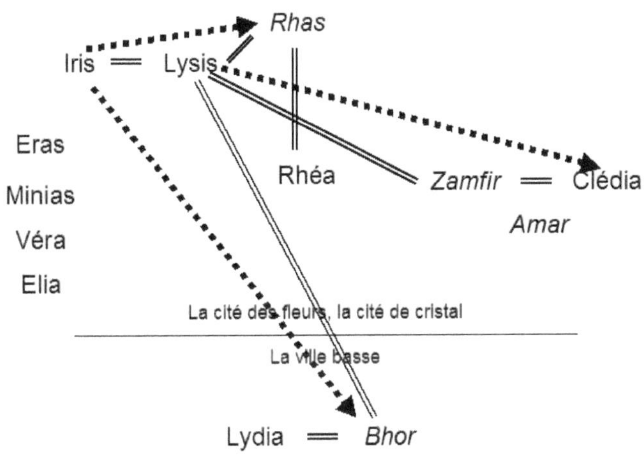

Femme *Homme*

═══ Relation partagée

••••••▶ Relation mortelle

www.ingramcontent.com/pod-product-compliance
Ingram Content Group UK Ltd.
Pitfield, Milton Keynes, MK11 3LW, UK
UKHW041821200726
13854UKWH00001BA/429

9 782957 218615